AVTRES OEVVRES
POETIQVES

DV

SIEVR DAVID RIGAVD

ACCOMPAGNÉES D'VNE NOTICE ET DE NOTES

PAR

M. J. BRVN-DVRAND.

A PARIS

Chez Avg. AVBRY

Libraire de la Société des Bibliophiles français

Rue Seguier, 18.

M. DCCC. LXX.

AVTRES
OEVVRES
POETIQVES
DV
SIEVR DAVID RIGAVD

A LYON,
Chez CLAVDE RIVIERE,
demeurant en ruë Merciere.

M. DC. XXXIX.

VALENCE, IMPRIMERIE DE CHENEVIER ET CHAVET.

NOTICE.

Voici un petit recueil de poéſies qui n'eſt certainement pas un chef-d'œuvre, & cependant je ne doute pas que les bibliophiles ne lui faſſent un accueil favorable, étant la reproduction ſcrupuleuſement exacte, le facſimile en quelque ſorte d'un exemplaire vieux de deux cent trente années. Quant aux amateurs & aux érudits dauphinois, ils applaudiront, je l'eſpère, à cette divulgation d'une œuvre longtemps perdue; l'auteur, dont l'amour-propre local & l'eſprit de clocher ne sauraient faire, j'en conviens, un poète dans le ſens élevé du mot, étant, en ſomme & malgré ſes défauts, l'une des meilleures & des plus intéreſſantes figures de la république des lettres dauphinoiſes au dix-ſeptième ſiècle.

Médiocre imitateur de Ronſard & de du Bartas, comme, du reſte, la plupart des autres rimeurs dauphinois à cette époque, Rigaud ſe diſtingue moins, en effet, de ceux-ci par les qualités de ſon ſtyle que par l'indépendance de ſes allures & l'originalité de ſon caractère. Né à

Crupies, mince hameau de la vallée du Roubion, d'un pauvre cardeur de laine, vivant au jour le jour de ſon humble métier & des produits d'un petit champ, la gêne du foyer paternel lui fit embraſſer de bonne heure le rude métier de colporteur. Partant, ſes jeunes années ſe paſſèrent à courir les campagnes, la balle au dos, frappant tour à tour à la porte des châteaux & à celle des chaumières pour y vendre de menues merceries; & c'eſt ainſi qu'il fit connaiſſance du ſeigneur de Divajeu, gentilhomme bel eſprit, qui, ſéduit par la bonne mine & l'intelligence active du jeune mercier, qui, bien que

Ne cognoiſſant ny a ny b [1],
. . . .
S'eſſayoit à rimer, lui conſeilla fortement
..... de s'adonner à la lecture,
Où il fit un ſi grand profit
Que ceux meſmes qui l'avoient inſtruit
Ont meſcogneu ſon eſcripture [2].

Développement intellectuel qui n'empêchait pas celui de ſes affaires; tellement qu'au bout de peu d'années il put mettre fin à cette vie nomade & ouvrir à Creſt, centre induſtriel &

---

(1) *Recueil*, p. 103.
(2) *Œuvres*, p. 12.

commercial de la contrée, une petite boutique dont les bénéfices groffiffant firent bientôt de l'ancien porte-balle un gros marchand [1], bourgeois ayant pignon fur la rue, des terres au foleil & des écus dans fes coffres. Tandis que d'ailleurs, grâce à l'aménité de fes formes & à fon humeur joviale, il vit fe former en même temps autour de lui un cercle d'amis beaux difeurs [2], au fein duquel il rima dès lors tout à l'aife, & cela non pas en l'honneur d'une maîtreffe de roi [3], comme Expilly, ou de la fienne propre, comme Pierre de Cornu, mais pour fes voifins & fes proches, furtout pour fes clients, car il eft avant tout homme de comptoir, & fes vers ou plutôt fes rimes facétieufes & plaifantes, rabelaifiennes même & parfois

(1) Bien qu'arrivés à la fortune, les defcendants de notre poète ne défertèrent pas les affaires, car nous voyons, le 3 août 1787, fon arrière petit-fils, Michel-Louis Rigaud de l'Ifle, faire enregiftrer en la Chambre des Comptes de Dauphiné des lettres de nobleffe qui lui avaient été accordées par Louis XVI, en juin 1786, attendu le commerce confidérable de fes trifaïeul, bifaïeul & père. — Communiqué par M. de Gallier.

(2) Voir ma brochure : *David Rigaud, marchand & poète de la ville de Creft en Dauphiné, fa famille & fon temps.* — Lyon, 1868, in-8°.

(3) Gabrielle d'Eftrées.

émaillées de ces joyeusetés dont parle Lenglet-Dufresnoy, ses rimes, dis-je, ne sont d'ordinaire que l'accompagnement obligé de la futaine & du camelot. Car sa muse n'est pas une déesse de l'Olympe, mais une gaillarde commère qui jase, gausse & rit à tout venant & à tout propos, sans oublier le négoce qui, reconnaissant du concours, lui permit de sacrifier quelques écus à la célébrité, en faisant imprimer ses œuvres; de telle façon que lorsqu'il mourut, en 1658, l'honnête homme laissa, non-seulement une ronde fortune, laborieusement acquise, — ce qui est surprenant de la part d'un poète, — mais trois petits recueils, imprimés tous les trois chez son ami Claude Rivière, ce dont on

> .... ne se doit esbayr,
> Car c'est d'une grosse Riviere
> On peut tirer un gros poisson [1].

& tous les trois extrêmement rares.

Le premier, ayant pour titre : *Les œuvres poétiques du sieur David Rigaud, marchand de Crest.* — Lyon, 1637, in-12 de 104 pages. — n'existe à ma connaissance dans aucune bibliothèque publique de Paris. Le troisième,

(1) *Autres œuvres*, p. 23.

volume de 272 pages, intitulé : *Recueil des œuvres poétiques du ſieur David Rigaud, marchand de la ville de Creſt en Dauphiné, avec le poëme de la cigale autant merveilleux en ſes conceptions qu'en ſa ſuite.* — Lyon, MDCLIII. — quoique moins rare, s'eſt vendu 215 francs à la vente Solar. Quant au ſecond, connu ſeulement par ce qu'en dit Rigaud dans la préface de celui-ci, il avait échappé à toutes les recherches & pouvait être conſidéré comme perdu, quand le haſard me l'a fait découvrir, l'année dernière, chez un compatriote : c'eſt celui-ci. Le reproduire ſimplement était bien faire, penſait-on; j'ai cru que l'accompagner d'une notice & de notes explicatives était mieux faire encore, & j'eſpère que lecteurs & amateurs feront de mon avis.

Creſt, 19 novembre 1869.

BRVN-DVRAND.

A MONSIEVR

DE LA BAVLME PLVVINEL,

CONSEILLER DV ROY,

En la Cour de Parlement de Dauphiné.

MONSIEVR,

L'amitié que M. de la Baulme, voſtre Pere, a de longue main daigné me porter, quoy qu'indigne, m'a doucement incité à vous offrir ce mien petit Liuret que ie mets au iour. Il ne m'a pas fallu ſonger longuement à faire ce choix, car la grandeur de voſtre Maiſon (pepiniere de tant d'illuſtres hommes) & particulierement de vos merites, qui vous rendent admirable à tout le mōde, me peut ſervir d'vn azile contre les Satyres des Cenſeurs. Et pourveu qu'il vous plaiſe jetter voſtre fauorable veuë ſur iceluy, & aduoüer au nombre de vos tres-humbles ſeruiteurs celuy

qui

qui le vous presente, ils seront plus muets que poissons, & contraints de louër ce que vous aués aggreé, defferants à vostre solide iugement ce qui luy est meritoirement deu, comme à vn des plus entiers, & meurs de nostre siecle. Aggreez donc, Monsieur, s'il vous plaist, que ce Liuret porte vostre nom auguste sur son front, pour luy seruir de sauf-conduit contre l'injure du temps, & des Enuieux, & que l'Autheur d'iceluy continuë à se dire, ce qu'il est veritablement plus qu'homme du monde,

MONSIEVR,

Vostre tres-humble & tres-obeïssant seruiteur,

D. RIGAVD.

AV LECTEVR

AV LECTEVR.

LE fauorable accueil que tu as fait aux premieres œuvres que i'ai mis en lumiere, m'a donné ſujet de les accroiſtre de ce que tu pourras rẽcontrer en ce liure, ſi tu prens la peine de le lire, auſſi bien que de paſſer l'eſponge ſur diverſes fautes encouruës à la premiere impreſſion. Si tu le prens en bonne part, & paſſes legeremẽt ſur mes defauts, ne t'arreſtant point à les ſyndiquer auec aigreur ſatyrique, tu me donras courage de prolonger mes eſcrits autãt que ma vie, mettant au iour à ta ſatisfaction vne piece ſur la paix qui nous eſt promiſe, cõme infailliblemẽt par l'heureuſe & tant deſirée naiſſance de Monſeigneur le Dauphin, & quelques auſtres de meſme eſtoffe, & ce tout autant que ie pourray me ſouſtraire des occupations ordinaires qui me ſurchargent, qui ne m'empeſcheront neantmoins jamais de te procurer autãt de contentemẽt que tu me ſouhaiteras du bien.

Adieu.

A MONSIEVR

A MONSIEVR

DE LA BAVLME PLVVINEL,

CONSEILLER DV ROY,

En la Cour de Parlement de Dauphiné.

MONSIEVR, voicy le ſecond Liure
Que ie viens de faire imprimer,
Car pour m'empeſcher de rimer
Il faudroit m'empeſcher de viure.
Ie vous prie me pardonner
Si i'oze le vous adreſſer,
Et ſi i'ai pris cette hardieſſe
C'eſt parce que ie recognois
Que ſi bien ie le vous addreſſe,
Ie ne fais que ce que ie dois.

Ce qui m'augmente le courage
A vous dedier ce preſent,
C'a eſté que dernierement,
Receuant mon premier ouvrage,
Vous luy fiſtes vn tel accueil
Et le veiſtes de ſi bon œil
Qu'à l'inſtant vous me fiſtes faire
Vne lettre de compliments,
Laquelle ie garde plus chere
Que tous mes plus vieux documens.

Tout

Tout ce qui vient de voſtre part
Eſt ſi grand & conſiderable,
Qu'il doit eſtre receu ſans fard,
Comme d'vn prix ineſtimable.
Voſtre parfaicte authorité,
Iointe auec voſtre bonté
Vous acquierent tant de puiſſance
Et de pouuoir ſur les humains
Que le glaiue & la balance
Sont d'ordinaire entre vos mains.

Dieu qui vous maintient ſur terre,
Vous y a voulu eſtablir
Pour y pardonner & punir
Auecques pouuoir de le faire.
Mais vous qui aymez l'equité
Et hayſſez l'iniquité,
Si nous commettons quelque offence,
Voſtre grande benignité
Panche pluſtoſt vers la clemence
Que deuers la ſeuerité.

Que deuiendroit tout l'Vniuers
N'eſtoit voſtre bonne Iuſtice,
Veu que le monde eſt ſi peruers
Qu'il ne s'adonne qu'à malice.
L'on eſt tellement peruerty,
De l'vn & de l'autre party,

Et la charité ſi eſteinte,
Que tel nous careſſe auiourd'huy
Qui n'a rien qu'vne amitié feinte
Pour attraper le bien d'autruy.

Comme le marinier ſur l'onde,
Voyant les vagues eſcumer,
Iette les ancres en la mer
Qui luy ſert d'attache & de ſonde,
Ainſi vous appaiſez le bruit
Que la populace produit
Par des beaux arreſts authentiques.
Alors que tout ſemble perdu,
Vous nous rendez tous pacifiques,
Tant vos arreſts ont de vertu.

Ce Liure icy que ie vous offre,
Quoy qu'il ne ſoit ny bon, ny beau,
C'eſt le plus precieux joyeau
Que i'aye trouué dans mon coffre;
Car tout mon but & mon deſir
Ne tend qu'à vous faire plaiſir.
Et tenez pour choſe certaine
Que ie l'ay fait ainſi tout neuf
Pour le vous donner pour eſtreine
En ceſte année trente-neuf.

AV ROY TRES-CHRESTIEN
LOVYS XIII.

GRand Monarque dont la puiſſance
Surpaſſe celle des Ceſars,
Vous eſtes heritier de Mars
Et iuſte comme la Balance.
Les peuples & les nations
Qui ont l'œil ſur vos actions,
Vous recognoiſſent ſi auguſte
Qui vous diront d'oreſnauant
Non ſeulement LOVYS LE IVSTE,
Mais bien auſſi le conquerant.

Le bon-heur qui vous accompagne
Rend vos hayneux ſi eſtonnez
Que ſouuent faict ſaigner du nez
Ceux-là qui protegent l'Eſpagne,
Teſmoing le Fort Sainct Honoré,
Duquel l'on s'eſtoit emparé,
Croyant le tenir ſous la paſte;
Mais l'on a veu ces Fanfarons
En diuers lieux, comme Locate
Qui ſçauent jouër des talons.

Voſtre puiſſance ſouueraine

Faict

Faict des effets ſi merueilleux
Qu'elle dompte les orgueilleux
D'Allemagne & de Lorraine,
Et n'eſtoit que voſtre bonté
Supporte la Franche-Comté,
Qui ſe rendra à tour de roolle,
Quand Galas ſeroit ſon ſecours,
Ie crois que Bezançon & Dole
N'auront de quoy tenir huit iours.

Il n'y a Monarque ſur terre
Qui ayt le droict que vous auez,
Car vous pouuez faire la paix
Et pouuez émouuoir la guerre.
Tout branſle ſous l'authorité
De Voſtre Auguſte Majeſté;
Tout eſt dompté par voſtre Sceptre,
Et croy que Dieu le Createur
Vous a eſleu Seigneur & Maiſtre,
Pour Roy & pour Conſeruateur.

A chanter toutes vos Victoires,
De Vous, grand & puiſſant Guerrier,
I'employerois plus de papier
Que n'en contiennent les hiſtoires.
Vous faites voir à l'Eſtranger
Comme Vous le ſçauez ranger,
Et que touſiours vn Roy de France

Eſt

Eſt de ſur tous victorieux,
Et qui reſiſte à ſa puiſſance
Ne peut eſtre que mal-heureux.

L'on void que voſtre Monarchie
Croit & s'augmente d'an en an;
Deſia le ſuperbe Milan
Parlemente auecques Pavie,
Pour éuiter vn plus grand mal,
Eſtant ſi proche de Cazal,
De peur d'eſtre reduits en pouldre,
Dés qu'ils ſe verront aſſaillis,
On les verra bien toſt reſouldre
A ſe joindre à la fleur de lys.

Comme eſtant le plus grand du monde,
Malgré l'enuie & le ſort
Vous ſerez touſiours le plus fort,
Tant ſur la terre que ſur l'onde;
Et comme il n'y a qu'vn ſoleil,
Vous ſerez touſiours ſans pareil,
Car Dieu qui conduit vos affaires
Vous a enrichy de ſes mains
De vertus extraordinaires
Plus qu'à nul de tous les humains.

Ceſte Prouidence Eternelle,
Qui de rien fiſt tout l'Vniuers,
Vous a doüé de dons diuers
Et de bonté ſurnaturelle,

Faict que vos vœux ſont exaucez,
Et que ce que vous prononcez
Sont autant de iuſtes oracles
Qui vous font de tous admirer.
N'eſt-ce pas faire des miracles
Qu'arreſter le flux de la mer?

Le tige de voſtre Nobleſſe
Deriue depuis Pharamon;
Mais vous eſtes vn Salomon
En prudence comme en ſageſſe.
Salomon d'vn ſoing ſolemnel
Baſtit vn Temple à l'Eternel,
Et vous en ſuiuant ſes exemples
Faictes bien vn plus digne excez,
Car vous faictes baſtir des Temples
Et maintenez ceux qui ſont faicts.

Ie va prier le Createur
Qui augmente voſtre couronne,
Et comme voſtre Protecteur
Contregarde Voſtre Perſonne;
Qu'il donne à voſtre Majeſté
Vne heureuſe poſterité,
Et voicy ce que ie deſire
Qu'auant que mes iours ayent fin
Vous ſoyez Maiſtre de l'Empire,
Apres auoir heu vn Dauphin.

AV

AV ROY

SVR LA NAISSANCE DE MONSEIGNEVR

LE PRINCE DAVPHIN.

PVissant Roy, ie vous felicite
De ce beau Fils qui vous est né,
Puis que le Ciel vous l'a donné
Ceste grace n'est pas petite.
Le Seigneur le vueille benir,
Afin qu'vn jour à l'aduenir,
Tant de bon-heur vous accompagne,
Qu'à la fin vous soyez assis,
Couuert comme estoit Charlemagne
D'aygles auec la fleur de lys.

Courons trestous à l'exercice,
Faisons dix mille feux de joye,
Pour tesmoigner à nostre Roy
Que nous cherissons son seruice.
Tous nos malheurs vont prendre fin,
Puis qu'il nous est né vn Dauphin;
Yssu d'vne si sage Mere,
Il fera des faicts inouys,
Estant vaillant comme son Pere
Et deuot comme sainct Louys.

Nous

Nous ſommes comblez de faueur
D'auoir receu ce ieune Prince
Que comme noſtre protecteur
Reſtaurera ceſte Prouince.
Nous pouuons donc dire auiourd'hui
Que nous auons vn ferme appuy,
Puis que le Ciel nous l'a fait naiſtre
Et que ſon Pere nous cheris;
Lors qu'il maniera le Sceptre
Nous ſerons de ſes fauoris.

Habram, ce fidelle Croyant,
Eut ſon Yſac par eſperance,
Car Dieu luy donna ceſt enfant
Meſme contre toute apparence;
Et de meſme noſtre bon Roy,
Dieu voulant eſprouuer ſa foy,
Qui la treuue iuſte & loyalle,
Luy a ſuſcité auiourd'huy
Vne poſterité Royalle
Pour reigner vn iour apres luy.

Nous auons tous en general
Du profit en ceſte naiſſance,
Car c'eſt la fin de noſtre mal
Et la ioye de toute la France.
Il eſt venu en temps & lieu,
Comme eſtant enuoyé de Dieu,

Qui

Qui ne fait rien que par meſure;
C'eſt pourquoy Dieu le benira.
On void dans la ſaincte Eſcriture
Ce qu'il fit au fils de Sarra.

Ce grand protecteur des humains
D'vne bonté plus qu'admirable
Promit à Habram que ſes rains
Produiront vn peuple innombrable;
Ainſi la Maiſon de Bourbon
Accroit tellement ſon renom
Par des Princeſſes & des Princes
Qu'elle occupe tous les quartiers,
Non pas ſeulement des Prouinces,
Mais des Royaumes tous entiers.

Nous auons eu d'antiquité
Comme des infaillibles marques
Que le Ciel nous a ſuſcité
Des vaillans Princes & Monarques.
Nous auons heu le grand HENRY,
Qui fut comme le fauory
Du Dieu du Ciel & de la terre,
Car il produit de tels effects
Qu'il ſe fit redouter en guerre
Et reuerer en temps de paix.

L'ennemy qui crêue d'enuie
A la naiſſance de ce Fils,

Appre-

Apprehendant son iour prefix,
Tremble dedans Fontarabie.
Il est tellement estonné,
Non pas de sçauoir qu'il est né,
Mais de sçauoir qu'il est vn masle,
Et croid en voyant deux vaisseaux
Que c'est vne Armée naualle
Qui les vient tailler à morceaux.

Il y a long-temps que les Muses
N'ayant dequoy se resiouyr
N'ont daigné de se faire ouyr,
Estans de dueil toutes confuses;
Mais maintenant que nostre Roy
Leur fournit amplement dequoy,
Elles ne seront plus muettes;
Car soit en prose ou en vers
Les Escriuains & les Poëtes
Feront retentir l'Vniuers.

Les choses par nous attenduës
Auec vn desir vehement
Donnent plus de contentement
Lors que nous les auons receuës.
Ainsi nous n'auons rien perdu
Pour auoir long-temps attendu,
Car le Dauphin en sa venue
Nous est vn si puissant secours

Que

Que l'ennemy ſe diminue
Et nous accroiſſons tous les iours.

Dieu vueille que ce Fils proſpere,
Qu'il eſchappe à tous azards,
Et qu'il ſoit vaillant comme Mars
Et courageux comme ſon Pere,
Qu'il tienne ſes ſubjects vnis
Et confonde ſes ennemis,
Et qu'il ſoit touſiours inuincible,
Et ſes peuples ſoient ſoulagez,
Et que ſon reigne ſoit proſpere,
Conſeruant les pauures affligez.

Sire, ce feu que l'on allume
Teſmoigne nos affections
Et l'amour que nous vous portons
Qui nous embraſe & conſume :
Tout ainſi que ceſt element
Qui eſt hatif & vehement,
Nous bruſlons dans l'impatience
De teſmoigner à voſtre Fils
Que nous n'auons que vehemence
Pour conſumer ſes ennemis.

Sy ie voulois continuer,
Ie composerois vn Volume ;
Mais craignant de vous ennuyer
I'impoſe ſilence à ma plume,

Non que cecy ſoit bien limé
Pour meriter d'eſtre eſtimé,
Car ie ne fus iamais Poëte;
Mais les eſprits plus curieux,
Voyant mon œuure ſi mal faite,
S'adonneront à faire mieux.

I'ay rimaſſé toute ma vie
Sans iamais auoir rien gaigné,
Car c'eſt ce qui m'a deſdaigné
De vaquer à la Poëſie;
Si bien que ie diſnerois tard
Si ie me fiois à ceſt art.
Mais neantmoins iay eſperance
De faire vn ouurage ſi beau
Que i'auray quelque recompenſe
Approchant à Monſieur Godeau.

Ie demanderois quelque choſe,
Mais ie crains d'eſtre refuſé;
Tenez moy donc pour excuſé,
Sire, ſi ie la vous propoſe:
C'eſt que i'ay quelque peu de bien
Qui ne me produit preſque rien,
Et par conſequant me trauuaille;
Donnez moy ce ſoulagement
Que ie ne paye point de taille
Et exempt de tout logement.

Et

Et vous Grande Reyne parfaite,
Ie vous veux bien feliciter,
Puis que vous venez d'enfanter
Nostre appuy & nostre retraitte.
Ie prie Dieu de viue voix
Que dans l'espace de neuf mois
Ie vous puisse dire le mesme;
Et que la façon des enfans,
Qu'on dit estre vn mal si extreme,
Soit à vous vn doux passe-temps.

Sire, ie m'en vais faire fin
En vous faisant dix mille excuses,
Et supplier le Roy Dauphin
De vouloir pardonner les muses.
Sy ie ne l'ay pas loüangé
Comme i'en estois obligé,
Au nom de Dieu qu'il me pardonne;
Car ie voudrois luy tesmoigner
Que i'ay bien la volonté bonne
Sy ie pouuois l'effectuer.

A MONSEIGNEVR

LE CARDINAL DE LYON.

CHers Lyonnois, ie vous exhorte
A considerer la pitié,
Ou à mieux dire l'amitié

Que ce grand Cardinal vous porte:
Il s'eſt exposé au danger
Seulement pour vous ſoulager,
Car il a exposé ſa vie
A deſſein de vous ſecourir,
Et de vous tenir compagnie
Soit à viure, ſoit à mourir.

Les trois enfans dans la fornaiſe,
Qui pleuſt à Dieu de conſeruer,
Tant s'en faut de ſe conſumer
Qu'ils trouuoient de frais dans la braiſe.
Ainſi ce pieux Cardinal
N'a point non plus ſenty de mal
Qu'ils reſentoient dedans les flames,
Mais il a par ſa pieté
Sauué la vie à dix mille ames
Par ſa grande aſſiduité.

Souuenez-vous petits & grands
Comme il ne s'oublie gueres
D'aller iuſques à S. Laurent
Pour mettre ordre à vos miſeres,
Car il a touſiours eu le ſoing
De vous ſecourir au beſoin;
Souuenez-vous hommes & femmes
Qu'il a touſiours faict ſes efforts
Tant pour le ſalut de vos ames
Que pour la ſanté de vos corps.

Comme

Comme le ſel eſt neceſſaire
Pour chaſſer la corruption,
Vous eſtes ſans comparaiſon
Plus vtile deſſus la terre;
Auſſi ie prie l'Eternel
Que par vn ſoing tout paternel
Garde tellement voſtre vie
Qu'il vous ſoit faict ſelon vos vœux,
Et qu'elle ne vous ſoit rauie
Que pour vous rendre bien heureux.

A MONSIEVR DE SAINT FERIOL, ſur la Fontaine qu'il faict chercher à Diuajeu.

NE plaignez iamais voſtre peine
Sy vous auez vne fontaine
Qui coule dans voſtre maiſon,
Et que voſtre prudence exquiſe
Ayt faict ſans comparaiſon
Ce que jadis a faict Moyſe.

Car il tiroit l'eau du rocher
Tant ſeulement à l'épuiſer
Où l'on pouuoit boire à la ſource,
Et vous faites de la façon
Par le moyen de voſtre bource
Ce qui faiſoit de ſon baſton.

A MONSEIGNEVR

LE PRESIDENT DE POVRROY.

VOicy Rigaud qui vous rend graces
Pour luy & ceux de ſon party
Puis que vous auez amorty
La frayeur de tant de menaces,
En nous ayant mis à couuert
Contre l'Abbé de mal gouuert,
Par vne authorité ſi forte
Qu'on ne peut, illuſtre Pourroy,
Auiourd'huy rompre noſtre porte
Sans rompre les Edits du Roy.

A MADAMOISELLE DV MAY,

ſur vn plat de poires qu'elle m'enuoya.

MAdamoiſelle, vos preſents
Me ſont de fardeaux ſi peſans,
Quand ie ne les puis recognoiſtre,
Que i'ay regret de les manger,
Que le Ciel ne m'aye fait naiſtre
Le ſujeƈt de m'en reuancher.
Mais ie vous faiƈts preſentement
Ces deux ſizains pour payement
Que i'ay faiƈt à ma fantaiſie

Pource

Pource que vous auez le bruict
D'aymer autant la Poësie
Que ie sçaurois aymer les fruicts.

A MONSIEVR RIVIERE,

Libraire, sur le remerciement des truffes que ie luy enuoya.

MOnsieur, les presens que ie fais,
Se font auec si peu de frais,
Que ie mesure la despence
A ceux là qui donnent vn œuf,
Qui le donnent sous esperance
D'en deuoir receuoir vn bœuf.
On ne se doit pas esbayr
Si ie vous ay voulu choisir
Pour mettre cest œuure en lumiere,
Et voicy toute ma raison,
C'est que d'vne grosse Riuiere
On peut tirer vn gros poisson.

SVR LA GVERISON DE LA MALADIE

D'VN MIEN AMY.

PVis que le Seigneur t'a guery
D'vne facheuse maladie,
Et qu'il t'a de tant fauori

Que

Qu'eſtant mort t'a donné la vie,
Tu le dois prier deſormais
Qu'il ne t'abandonne iamais,
Et qu'en tes douleurs plus extremes
Il t'enuoye touſiours ſecours,
Ainſi qu'il a fait à moi meſme
Et fait encore tous les iours.

Tu t'es ſerui de Medecins
Qui ſont ſçauans en toutes choſes,
Monſieur Lamande tu as prins
Et en apres Monſieur de Crozes;
I'aurois encore trouué bon,
Tant pour toy que pour ton garçon,
Ton mal eſtant ſi difficile,
D'auoir encore Monſieur Meton,
Qui eſt vn homme fort habile
Pour ayder à ta gueriſon.

Tu n'as iamais eſté ſi bas
Qu'on aye perdu eſperance;
Pour te garantir du treſpas
Il ne te falloit que conſtance,
Car elle peut à ſon abord
Donner la vie ou la mort,
Ou pour empeſcher ta ruine
Elle ne t'a iamais quitté,
Imitant ta chere Dauphine
Qui t'a vaillamment aſſiſté.

LA PLAINTE

DES HABITANS DE CREST,

sur le soupçon de la maladie contagieuse de l'année 1638.

QVe Crest auec ses habitans
Ne soient iamais mescognoissans
D'vne grace si manifeste,
Que la diuine Majesté
Les a garantis de la peste
Par vn effect de sa bonté.

Loüez-le tous, grands & petits,
Car luy seul vous a garantis,
Par vne grace nompareille;
Loüez-le, criez-luy mercy,
Dites que c'est vne merueille
Que nous soyons encore icy.

Si par la frequentation
L'on peut prendre l'infection,
Si le mal est facile à prendre,
Soit à boire, soit à manger,
Qu'est ce que nous deuions attendre
Que de nous voir dans le danger?

Lors que le mal fut descouuert
Par vn Medecin tres-expert,

Asseurant

Asseurant que c'estoit la peste,
Plusieurs commencerent à sortir.
En vn accident si funeste
Chacun tasche à se garantir.

Tous les Villages à l'entour
A qui on soloit faire la cour
Pour y auoir quelque demeure,
Se rendirent si orgueilleux,
Qu'ils nous marquoient le iour & l'heure
Pour auoir entrée chez eux.

Tant de nos habitans épars
Où il y en a de toutes pars,
Iusques à trois lieuës à la ronde,
Qui sont marris d'auoir laissé
Chez eux le meilleur vin du monde
Pour n'en boire que du poussé.

Nous deuons mespriser la peur,
Puis que nous auons la liqueur
Chez nous, sans aller chercher l'hoste,
Car nous sçauons que le bon vin
Est vn asseuré antidote
Pour nous empescher du venin.

On n'ouyt iamais tant de bruit,
Qui dura presque iour & nuict,
Suruenu par ces entrefaictes;
L'amy prestoit à son amy

Des

Des bœufs, des cheuaux & charrettes
Et s'il n'y auoit pas à demy.

Le desplaisir que ie ressens
D'vn de nos meilleurs habitans,
Lequel ie plains de cœur & d'ame,
Que i'eusse tiré de mon flanc,
Pour le sauuer luy & sa femme,
Vne partie de mon sang.

Mais i'aurois fort peu de raison,
Si i'auois quitté ma maison,
Poussé d'vne terreur panique,
D'auoir le courage si bas
Que d'auoir quitté ma boutique
Pour loger dans vn Galecas.

Mais i'entends de me retirer,
Si ie vois le mal empirer,
Et voicy ce qui me console,
Que la pluspart de mes amis
Se fieront à ma parolle
Sans me donner point de commis.

Et en cas que moy ou les miens
Viennent à sortir de mes biens,
Ou qu'aucun de nous en abuse,
Ie vous declare que i'entends
Qu'on leur tire vn coup d'arquebuse
Pourueu qu'il n'y aye rien dedans.

I'eſtime que dans peu de temps
Que Valence, Die & Romans
Nous deuront entrée & ſortie;
La Rochette la dourra auſſi,
Mais ceſte ville & Vppye
Voudront voir que ſera cecy.

C'eſt de quoy ie fais capital
C'eſt que dans Creſt n'a point de mal,
Car au contraire ie proteſte
Que l'on y eſt ſi vigoureux
Que la ſeule peur de la peſte
A faict cheminer les boiteux.

A la fin on a recogneu
Que l'ordre que l'on a tenu
N'a iamais eſté inutile,
Car l'on peut dire qu'apres Dieu
Le ſage conſeil de la ville
A du tout garenty le lieu.

Ie prie Dieu par ſa bonté
Qu'il nous maintienne la ſanté
Et rende nos deſſeins proſperes;
Que ceux qui nous veulent du mal,
Ou qui nuiront à nos affaires
Meurent dedans vn hoſpital.

RESPONCE D'VNE DAMOISELLE
à vne Lettre qu'elle enuoye à vn ſien beau-frere.

MOnſieur, voſtre lettre m'incite
D'aller faire ceſte viſite,
Et puis que ie ſuis de loiſir
I'ay tout reſolu de le faire,
Puis que vous y prenez plaiſir
Ie taſcheray à vous complaire.

Ie ſçay que vous auez des fruicts
Les plus beaux & les plus exquis
Que Gentilhomme de la ronde;
Que tout ce que l'on peut manger
De plus delicieux au monde
Se treuue dans voſtre verger.

Vous auez le lieu le plus frais
Qu'on diroit qu'il ſoit faict expres;
Ie ne vis jamais tel ombrage;
Ce beau lieu n'a point de pareil,
Parce que deſſous ſon ramage
On ne peut ſentir le ſoleil.

Ce lieu deſtiné à l'amour,
Où Diane faiſoit ſejour,
Où Pirame affligeoit ſon ame,
Car dans ceſte foreſt eſpaiz

Tisbé

Tisbé alla chercher Pirame
Lors qu'ils ſe furent deſrobez.

Mais l'excellence de ces lieux
Ne peut pas contenter mes yeux;
Leur beau terrien ne me profite,
Ie me contente ſeulement
Que Magdelaine & ma petite
Y treuuent leur contentement.

I'ay eu dans ma condition
Tant de trouble & de fiction
Par la douleur que i'ay ſoufferte,
Que comme ie croy de guerir
Ie me repreſente ma perte
Qui me preſſe iuſqu'au mourir.

Quand la mort me veut arracher
Celuy que i'auois de plus cher
Et qu'il me l'eut réduit en pouldre,
Ie vous laiſſe à penſer comment
I'eus de la peine à me reſoudre
En vn ſi faſcheux accident.

Mais ce temps vain de diſcourir
Quand ie ſçay qu'il faudra mourir,
Eſtant tous ſubiects à la parque;
Et que nous voyons qu'à la fin
Le Roturier & le Monarque
Paſſent par le meſme chemin.

Que

Que ſi mes ſouſpirs & mes pleurs
Ne font qu'accroiſtre mes douleurs,
Et ſi ma triſteſſe eſt profonde,
Ie me dois bien reſſouuenir
Que tous ceux qui ſont morts au monde
Sont encore à reuenir.

Il eſt beaucoup mieux à propos
De paſſer ma vie en repos
Et me preparer à le ſuiure
Que de l'attendre à ſon retour,
Car quand ie ceſſeray de viure
Ie le verray à ſon ſejour.

A VN CERTAIN PERSONNAGE qui auoit perdu ſon baſton, & me le demandoit en vers.

M*Onſieur, i'eus vn tel grand regret*
De vous voir departir de Creſt,
Preſque tranſporté de cholere,
Que pour vn ſi maigre ſujet
Et vne perte ſi legere
Vous en partiſtes ſans congé.

Si i'euſſe perdu ce baſton,
I'auois vn beau demy teſton,
Pour vous bailler en recompenſe;
Mais vous n'eſtiez pas ſi meſchant

De

De me causer ceste despence
Que de m'enuoyer le Sergent.

Il est bien vray que ce baston
Est enrichy d'vn beau bouton
Auec vn tres-beau bout de picque
Que vous trouués aussi gentil,
Aussi riche & magnifique
Que s'il eut esté de Bresil.

Mais voicy le pire du mal
C'est qu'il vous seruoit de cheual,
Sans dépenser rien à son hoste.
Vous le treuuiés tousiours debout,
Et sans esperons & sans botte
Vous le pouuiez mener partout.

Lors que l'on me donne des vers,
Le remede d'où ie me sers,
C'est de recourir aux excuses,
Car à dire la verité,
Si ie suis fauory des muses
Ce n'est que par gratuité.

Ie serois d'vne humeur auare
Et d'vn naturel trop barbare,
Ayant receu de vos escrits,
Si ie viuois dans le silence
Par vne espece de mépris
D'vne ingrate mécognoissance.

A VN

A VN AVTRE
qui se mesloit de la Poësie.

MOnsieur, ie suis esmerueillé,
Vous voyant de si belle taille,
Que vous vous soyez trauaillé
Pour ne me faire rien qui vaille.
Il eut esté mieux à propos
De vous tenir dans le repos,
Sans vous aller rompre la teste,
Car, pour vous dire dans deux mots,
Vous estes aussi bien Poëte
Que moy vn faiseur de fagots.

A VN PAYSAN
qui a arraché sa vigne.

CE que tu faits te rend indigne
De te treuuer dans les festins,
Ne manger jamais de raisins,
Ny boire du jus de la vigne.
Quand le deluge arriueroit,
Iamais on ne t'excuseroit;
Tu n'entrerois iamais dans l'arche.
Prens garde à ce que ie te dis,
Mesme Noé le Patriarche
Te chasseroit du Paradis.

CHANSON

CHANSON NOVVELLE

SVR LA NAISSANCE

DE MONSEIGNEVR LE DAVPHIN.

Sur l'air de *Iean de Niuelle, &c.*

FRançois, voicy la journée
Que tu as tant desirée,
Et apprens en peu de mots
Que la Princesse Royale
Nous a enfanté vn masle,
Qui te donra le repos.

Puis que le Seigneur nous donne
Vn appuy pour la Couronne,
Tel nous voudroit menacer,
Ou bien nous faire la guerre,
Viendra du bout de la terre
Afin de nous caresser.

Que l'Italie & l'Espagne,
Le Piedmont & l'Alemagne
Enuoyent leurs Deputez
A Paris en diligence,
Pour prier le Roy de France
Pour leur accorder la paix.

Hastez

Haſtez-vous, Meſſieurs de Suiſſe,
De luy embraſſer la cuiſſe
Et porter quelque preſent,
Ceux de Parme & de Plaiſance
N'eſpargnent pas la deſpence
Pour honorer leur parent.

Si Galas ne ſe retire
Iuſques au fond de l'Empire,
Ie le vois dans les abois,
Pource que ceſte naiſſance
Luy donne autant de nuiſance
Que de vigueur aux François.

Son mal-heur eſt ſans remede,
Si la Reyne de Suede
Auecques le Duc Bernard
Le feront rougir de honte,
Et luy feront rendre compte
Qui aura mangé le lard.

Galas a fort bonne grace
Eſtant dedans vne place;
Mais au milieu des combats
Apres vne mouſquetade
Ou de quelque canonade
Il a le courage bas.

Mais le François à ſe battre
Vn en vaut autant que quatre,

Chacun ſçait quel homme c'eſt:
Auant qu'il perdit victoire
On lui feroit pluſtoſt croire
L'Alchoran de Mahomet.

Que la ville capitale
Où eſt la maiſon Royale,
Dans la prodigalité
N'eſpargne non plus la pouldre
Que Iupiter fait la foudre
Alors qu'il eſt irrité.

Si elle eſt populeuſe,
Elle eſt encor plus heureuſe
Qu'autre qui ſoit à l'entour,
Parce que tout y abonde,
Et le plus grand Roy du monde
Fait en elle ſon ſejour.

Dauphinois, ie vous exhorte,
Pour l'amour que ie vous porte,
Faictes mille feux de ioye;
C'eſt le temps de vous reſoudre,
De prodiguer voſtre poudre
Pour le Fils de noſtre Roy.

C'eſt le fauory des Princes,
Deſſus dix-ſept Prouinces.
Et de faict & de renom
L'on ſçait par toute la ronde

Que

Que dés lors qu'il fuſt au monde
Que le DAVPHIN eſt ſon nom.

Quelque temps apres la peſte,
Où i'eus de loiſir de reſte,
Ie baſtis ceſte chanſon;
A ces fins ie la vous donne,
Mais heureux que l'on l'entonne
Pour me payer ma façon.

SVR LES ŒVVRES DV SIEVR
DAVID RIGAVD.

R*IGAVD, ton eſprit angelique*
N'a pas extraict de ta boutique
Ce fredon ſi delicieux;
Il faut comme fit Promethée
Qui le deſroba dans les cieux
D'où la voix nous eſt apportée.

Car agiſſant ſans artifice,
La nature ſe rend complice
De tes celeſtes actions,
Qui pouſſent doucement ta gloire
Auecque des perfections
Dedans le temple de memoire.

Rauy

Rauy d'vn ſi rare prodige
Que la nature nous erige
Comme vn aſtre bien fortuné,
Ie vois ceſte diuine engeance
Contenir dans le Dauphiné
Toutes les merueilles de France.

Vy donc content cher Orphée,
Puis que ta gloire eſt approuuée
Par des teſmoins ſi glorieux;
Mais pour bien chanter tes loüanges
Il faudroit éuoquer les cieux,
La voix & le concert des anges.

P. MASSERON.

AV SIEVR
DAVID RIGAVD.

R*IGAVD, ta plaiſante rime*
T'a mis en ſi grande eſtime
Dans noſtre ville de Creſt,
Que quand tu ceſſes d'eſcrire
Nous ceſſons auſſi de rire,
Fuſſions-nous au cabaret.

FIN.

NOTES.

Note 1.

(A M. de La Bavlme-Plvvinel, p. 3.)

Deux conſeillers du nom & de la famille de La Baume ſiégeaient alors dans le Parlement de Grenoble. Il s'agit ici de Louis, troiſième fils de Gabriel de La Baume, ſeigneur de La Rochette, maître en la Chambre des Comptes de Dauphiné, & de Catherine de Pluvinel, fille & héritière de Jean, maître d'hôtel ordinaire du Roi, & nièce d'Antoine, le fameux écuyer creſtois, à qui Chorier a conſacré une longue & intéreſſante notice dans ſon *État politique.* Prêtre & avocat, il fut pourvu le 4 août 1633 de la charge de conſeiller-clerc vacante par la mort de Jean-Louis Lemaiſtre, & en prit poſſeſſion le 9 novembre ſuivant; puis devint ſucceſſivement doyen de la cathédrale de Die, prévôt du chapitre collégial de Saint-Sauveur de Creſt, abbé commendataire de Valcroiſſant (ordre de Cîteaux) au diocèſe de Die & prieur de Saint-Vallier (congrégation de Saint-Ruf) au diocèſe de Vienne. Mort le 27 ſeptembre 1676, il eut pour ſucceſſeur, dans ſa charge de conſeiller & ſon abbaye, Nicolas Canel, prieur de Vizille.

*

Note 2.

(A M. DE LA BAVLME-PLVVINEL, p. 6.)

Cette pièce n'eſt d'ailleurs pas la ſeule que notre poète ait rimée en l'honneur des La Baume-Pluvinel, ſes compatriotes, qui lui vendirent en 1645 la terre de l'Iſle, car ſon troiſième recueil renferme huit dixains dans leſquels il félicite de ſa nomination au gouvernement de la tour & ville de Creſt Antoine de La Baume, dont le fils Joſeph obtint, en 1693, l'érection des terres de La Rochette, Eygluy, Pontaix, etc., en marquiſat ſous le nom de Pluvinel.

Note 3.

(AV ROY SVR LA NAISSANCE DV PRINCE DAVPHIN, p. 13.)

Né à Saint-Germain-en-Laye, le 5 ſeptembre 1638, le Dauphin, qui fut enſuite Louis XIV, était le premier fruit d'un mariage contracté vingt-trois ans auparavant; auſſi, notre poète ne ſe fait-il pas faute de comparer la reine Anne d'Autriche à Sarah.

Note 4.

(A MONSEIGNEVR LE CARDINAL DE LYON, p. 19.)

Alphonſe-Louis Du Pleſſis-Richelieu, frère aîné du célèbre cardinal-miniſtre du même nom, était d'abord entré dans l'ordre des Chartreux, renonçant en faveur de ſon frère à l'évêché de Luçon, auquel l'avait nommé le roi

Henri IV; mais celui-là, parvenu au pouvoir, le tira du cloître & lui fit donner en 1625 l'archevêché d'Aix, qu'il échangea en 1628 pour celui de Lyon, le chapeau de cardinal (1629), la grande aumônerie de France & le cordon bleu (1632). Il est fait allusion dans ces vers à la conduite vraiment apostolique de ce prélat, qui, revenant en 1638 de Rome où il avait séjourné trois ans pour les affaires du Roi, & trouvant sa ville archiépiscopale en proie à la peste, loin de fuir la contagion, se consacra tout entier au soulagement de ses victimes. Mort en 1653 à Lyon, ce cardinal a été inhumé dans l'église de la Charité de cette ville.

Note 5.

(A M. DE S. FERIOL SVR LA FONTAINE QV'IL FAICT CHERCHER A DIVAJEV, p. 21.)

Antoine de Sibeud, seigneur de Saint-Ferréol & de Divajeu, gouverneur de la ville de Die, le premier & le plus constant protecteur de Rigaud, qui lui a dédié son premier recueil & consacré en outre deux pièces dans le troisième, était fils d'Alexandre de Sibeud, gouverneur de Romans, & de Catherine de Moreton-Chabrillan, qui lui donna tous ses biens en 1665. Son aïeul & son fils, tous les deux du nom d'Hercule, ont été comme lui gouverneurs de Die & seigneurs de Divajeu (terre qui leur était advenue par le mariage du premier avec Suzanne de Giraud).

Note 6.

(A MGR. LE PRESIDENT DE POVRROY, p. 22.)

Sébastien de Pourroy, sieur de Saint-Albin, président à mortier au Parlement de Grenoble, après avoir rempli la charge de viſénéchal au ſiége de Creſt, dans laquelle il fut remplacé par ſon frère, était alors le Mécène des écrivains dauphinois. Millet lui a dédié ſa *Paſtorale & tragicomédie de Janin*, & Guy Allard dit que « ſa bonté l'a fait appeler » le père du peuple, qu'il aimoit les beaux ouvrages, » accueilloit agréablement ceux qui ſe diſtinguoient par » leur ſavoir, parloit de tout avec connoiſſance, faiſoit fort » bien les vers françois. »

Note 7.

(A Madamoiselle Dv May, p. 22.)

Une branche de la famille d'Arces, établie à Creſt vers 1569 à la ſuite de la nomination de Gaſpard d'Arces, ſeigneur de La Roche-de-Glun, au gouvernement de cette ville, s'intitulait ſeigneur du May. Jacques d'Arces, ſeigneur du May, épouſa en 1702 Madeleine Vial, de Die.

Note 8.

(Svr la gverison de la maladie d'vn mien amy, p. 23.)

Il eſt queſtion dans cette pièce de deux médecins qui ont joué un rôle aſſez important dans les affaires municipales de Creſt, Jean de L'Amande & Pierre de Crozes; le premier s'intitulait médecin du Roi.

Note 9.

(La plainte des habitans de Crest, etc., p. 25.)

Les renſeignements que nous avons ſur ce triſte épiſode des annales de la ville de Creſt ſont peu nombreux; auſſi croyons-nous bien faire que de reproduire cet extrait du *Livre des miracles de N. D. de Rochefort*, qui m'a été communiqué par feu M. l'abbé Boiſſonier, de ſainte mémoire : « L'an 1638, la belle & célèbre ville de Lion » fut affligée d'une peſte cruelle qui la mit en déſolation & » qui menaçoit tout le Dauphiné & les autres provinces. » La ville de Creſt, dans le diocèſe de Dye, n'eſt pas fort » éloignée de Lion & a beaucoup de commerce avec cette » ville, & elle ſe vit dans un danger inévitable d'eſtre en- » gagée dans ſon malheur. En voicy l'occaſion : M. Fayolle » venait de Lion avec ſa femme & trois jeunes filles de ſa » ſœur. Ils y avoient receues & rendues pluſieurs viſites, » ne ſçachant pas le danger auquel ils s'expoſoient, mais » ils le cognurent peu de jours après par la funeſte maladie » & la mort précipitée de ces deux jeunes mariez qui » moururent de la peſte ainſi que quatre domeſtiques. Cet » accident remplit la ville d'une extrême conſternation ; » chaqu'un ſe crut perdu ; un grand nombre de principales » familles commençoit à deſloger & laiſſer une ville qu'ils » croyoient bientoſt eſtre le ſépulchre de ſes habitans. » Mais, les plus ſages & les plus zélés s'aſſemblèrent pour » pourvoir au moïen de garantir la ville d'un danger de » ceſte importance, & trouvant les remèdes de la médecine » trop foibles, ils eurent recours à Dieu & conclurent qu'il » falloit employer le crédit de la Mère de Dieu. Ils firent » vœu de faire célébrer tous les ans à perpétuité une meſſe » ſolemnelle dans la chapelle du Roſaire de l'égliſe collégiale » de la même ville avec une proceſſion générale & que dez » auſſitoſt qu'on ſeroit hors de cette juſte apréhenſion, un » des conſuls, un des chanoines avec quelques-uns du » conſeil iroient en qualité de députez de toute la ville » offrir à N. D. de Rochefort une lampe d'argent, y feroient » célébrer une meſſe & y communieroient. Ce vœu fuſt ſi » agréable à la Mère de Dieu & au Fils que par une faveur » particulière de la divine bonté, non-ſeulement aucun des

» habitans ne mourut, mais perſonne même n'en fuſt » touché. »

Ce vœu fut acquitté le 29 octobre de la même année 1638, & les députés creſtois ſuſpendirent dans l'égliſe de Rochefort une lampe d'argent portant cette inſcription : *Hoc anathema ex voto & ære publico D.D.D. anno ſalutis hum. M.DC.XXXVIII. D. Virgini Rupe Fortenſi obſervatos ab epidemia hic divinitus cives ſuos, urbs Criſtæ procurantibus... D.D. Franciſco Bruyère, ac P. de Loulle, conſulibus.* Une ſemblable lampe fut donnée à la même égliſe par la même ville & pour le même objet en 1653.

www.ingramcontent.com/pod-product-compliance
Ingram Content Group UK Ltd.
Pitfield, Milton Keynes, MK11 3LW, UK
UKHW020431230726
13925UKWH00004B/1692

9 782014 439403